Lundi 26 Janvier 1901

VENTE DU SAMEDI 26 JANVIER 1901

HOTEL DROUOT, SALLE N° 6

à 2 heures

OBJETS
D'AMEUBLEMENT

BRONZES, MARBRES

BELLE SCULPTURE, PAR ROUGELET

Objets d'Étagère, Argenterie, Porcelaines

MEUBLES, GLACES, TRUMEAUX

ÉTOFFES, SOIERIES

TABLEAUX, AQUARELLES, DESSINS

ANCIENS ET MODERNES

COMMISSAIRE-PRISEUR	EXPERT
Mᵉ **Paul CHEVALLIER**	M. B. **LASQUIN**
10, rue de la Grange-Batelière	12, rue Laffitte

EXPOSITION PUBLIQUE

Le Vendredi 25 Janvier 1901, de 1 h. 1/2 à 5 h. 1/2

CONDITIONS DE LA VENTE

Elle se fera au comptant.

Les acquéreurs paieront *dix pour cent* en sus des prix d'adjudication.

Paris. — Imp. de l'Art, E. MOREAU ET Cⁱᵉ, 41, r. de la Victoire.

DÉSIGNATION

TABLEAUX ET DESSINS

1 — LEIS SCHYELDEMP. Nature morte.

2 — G. WERTHEIMER. Cheval blanc.

3 — GY. VAN KARDOS. Vieillard et Enfants.

4 — Deux toiles ovales encadrées. Paysages et figures.

5 — ROGER. Scène d'intérieur.

6 — ÉCOLE FRANÇAISE. Figures allégoriques. Deux dessus de portes.

7 — ANASTASI. Paysage.

8 — BIENNOURY. Femme cousant.

9 — BERTIN. Paysage.

10 — CALS. Portrait de Vieille Femme.

11 — COUDER. Portrait d'un Militaire.

12 — LANDELLE. Le Moine pourvoyeur.

13 — BAIL (FRANCK). Nature morte.

14 — CHARPIN. Moutons.

15 — RIBOT. Un Cuisinier.

16 — COROT (Genre de). Paysage.

17 — BUDELOT. Paysage.

18 — BONINGTON. Dessin à la mine de plomb.

19 — CARACCI (A.). Deux dessins.

20 — CHÉRET. Éventail.

21 — FICHEL. Portrait de l'Artiste.

22 — FLANDRIN. Aquarelle.

23 — GÉRICAULT. Étude de cheval. Sépia.

24 — GIRAUD. Le Simplon.

25 — GRAILLY (DE). Paysage.

26 — JEANNIN. Pêches. Aquarelle.

27 — LEBAS (HIPP.). Paysage.

28·29 — LHUER. Deux aquarelles : Paysages.

30 — MICHALLON. Dessin.

31 — RAFFET. Cheval mort.

32 — ZER LINDON. Paysage ; effet de neige.

33 — SALMSON. Fillette. Dessin.

34 — TIEPOLO. Dessin.

35 — ÉCOLE FRANÇAISE. Portrait d'Homme, en buste.

36 — VAN MARCKE. Vache.

37 — MARTIN KAVEL. Homme assis.

38 — ÉCOLE ANGLAISE. Paysage.

39 — Divers tableaux et dessins.

40 — Femme persane.

41 — Portrait d'Homme, en buste.

42 — Derviche en prières.

ARGENTERIE
OBJETS D'ÉTAGÈRE

43 — Petit cabaret tête à tête en argent martelé, composé de dix pièces.

44 — Une biche, presse-papier, et un petit lapin, en bronze de Barye.

45 — Éléphant en bronze.

46 — Statuette de femme en bronze.

47 — Petit cheval en métal.

48 — Boîte chinoise en ivoire.

49 — Coupe en serpentine.

50 — Moulin à poivre, boîte à thé en métal gravé, un coquetier.

51 — Deux triptyques russes, émaillés.

52 — Christ en ivoire sculpté.

53 — Coupe-coquille en métal, une petite écuelle avec pied en bronze.

54 — Bronzes divers : coupe en métal argenté et doré, vide-poches.

55 — Grenouille en bronze.

56 à 57 — Objets divers : couvercle garni de pierres, presse-papier tête d'enfant, plaque en ivoire, sonnette en verre, etc.

58 — Deux statuettes en bronze.

59 — Nid et son socle en bois de fer.

60 — Instrument de musique persan en bois incrusté d'ivoire et de nacre.

PORCELAINES

61 — Deux potiches en céladon gris craquelé de la Chine.

62 — Deux grands vases en porcelaine moderne de Chine.

63 — Soupière en porcelaine de l'Inde, décor bleu.

64 — Vase, à anse et couvercle, en vieux Japon.

65 — Jardinière ronde en faïence moderne.

66 — Deux petits vases en porcelaine moderne du Japon.

67 — Fontaine-applique en ancienne faïence de Rouen, décor polychrome.

68 à 75 — Vingt vases variés, faïence persane, à reflets métalliques.

76 — Deux grandes plaques, faïence persane, à reflets métalliques.

77 à 80 — Lot de plaques et carreaux, faïence persane.

BRONZES ET MARBRES

81 — Belle sculpture en marbre blanc, par Rougelet : Le Fil rompu.

82 — Jardinière ovale en bronze doré et marbre rouge ; anses formées de figures d'amours.

83 — Jardinière ovale en bronze doré, à anses formées de figures allégoriques de la Moisson.

84 — Machine à coudre.

85 — Grand lustre, bronze et cristaux.

86 — Lustre et quatre appliques en bronze pour
l'éclairage au gaz.

87 — Deux chenets et un écran de foyer en fer
forgé.

88 — Buste de faune, grandeur nature, marbre
blanc du XVIIe siècle.

89 à 91 — Trois cheminées en marbre de diffé-
rents styles.

92 — Le Char des amours. Bronze de Piat.

93 — Lustre à dix-huit lumières, style Louis XVI,
en bronze et cristaux.

94 — Deux vases en bronze japonais, à dragons
en relief.

MEUBLES

95 — Commode Louis XVI, à deux tiroirs, en
bois de rose et marqueterie, fleurs et trophées
d'instruments de musique.

96 — Petite commode Louis XVI, à deux tiroirs,
en bois de rose et marqueterie à fleurs.

97 — Piano d'Érard, forme carrée.

98 — Écran en acajou, muni d'un abattant avec
glace, formant bureau ; il est surmonté d'une
pendule. Travail anglais.

99 — Secrétaire Empire, en acajou.

100 — Deux consoles d'angle, bois sculpté,
Louis XV.

101 — Six chaises, bois doré, recouvertes en soie.

102 — Grande armoire en citronnier et acajou ;
elle ferme à trois portes, dont une à glace.

103 — Table à coiffer, avec glace, en citronnier
et acajou.

104 — Quatre dressoirs de salle à manger.

105 — Crédence Louis XIII en noyer, à colonnes torses.

106 — Table de salon en bois noir, incrusté d'os.

107 — Petit bureau, en bois noir gravé.

108 — Table-toilette.

109 — Grande table carrée, en bois peint en blanc, de style Louis XV, à six allonges.

110 — Grand lit, capitonné en soie verdâtre, avec rideaux de lit, tenture murale et quatre paires de rideaux de même étoffe.

111 — Grand socle de lit, garni de peluche marron.

112 — Chaise longue, garnie de soie verdâtre.

113 — Glace dans un cadre Louis XV, surmontée d'une peinture ovale, genre de Boucher, représentant des yeux d'enfants.

114 — Console Louis XV, en bois doré.

115-116 — Deux petites commodes Louis XV, en bois de rose.

117 — Grande glace à cadre doré.

118 — Glace sans cadre.

119 — Quatre cadres, genre Louis XVI, en blanc et cadres divers.

120 — Cadre Louis XV, en bois doré.

121 — Trumeau, de style Louis XVI, en bois sculpté, peint en blanc.

ÉTOFFES

122 — Paire de rideaux en velours.

123 — Deux paires de rideaux, en riche soierie brochée, à gerbes et rubans.

124 — Deux paires de rideaux, en peluche marron, avec bandeaux à franges.

125 — Lot d'étoffes orientales : tapis de table, portières, panneaux, etc.

126 — Grand tapis de la Savonnerie. Époque Louis XIV.

www.ingramcontent.com/pod-product-compliance
Lightning Source LLC
LaVergne TN
LVHW021109050726
842519LV00005B/1918